GUÍA DE LECTURA

Escrita por Adriana Carolina Rodríguez Mayo

Cumbres borrascosas

de Emily Brontë

Entiende fácilmente la literatura con

ResumenExpress.com

www.resumenexpress.com

EMILY BRONTË

LA POETA INGLESA DEL SIGLO XIX

- **Nacida en 1818 en Yorkshire (Inglaterra)**
- **Fallecida en 1848 en Yorkshire (Inglaterra)**
- **Algunas de sus obras:**
  - *Poemas de Currer Bell, Ellis Bell y Acton Bell* (1846), antología de poemas.

Emily Brontë es una de las escritoras más famosas y reconocidas de la lengua inglesa. Sin embargo, su biografía está llena de misterios y vacíos, pues tuvo una vida muy reservada debido a su naturaleza solitaria, tímida y con tendencia a la reclusión. Cuando era muy joven, su madre murió, así como dos de sus hermanas. Estas últimas se contagiaron de tuberculosis en el internado, lo que causó que sacaran a todos los hermanos Brontë del colegio y fueran educados en casa.

El hogar de los Brontë era en un lugar apartado y solitario en el que los niños no tenían mucho contacto con otras personas fuera de su padre y su tía. Esto hizo que tuvieran que buscar formas de entretenerse y de pasar el rato como la que consistía en inventar y escribir historias sobre reinos imaginarios para salir de la rutina. Algunos manuscritos de estas primeras creaciones se conservan hoy en día y se dice que de ellos surgió la vena literaria de las tres hermanas, pues Anne y Charlotte Brontë también fueron famosas. Esta última, sobre todo, fue reconocida por su novela *Jane Eyre*.

La escritora inglesa murió a los treinta años, víctima de la tuberculosis, y la mayoría de información que se conoce hoy en día sobre ella es producto de lo que escribió su hermana mayor, Charlotte.

CUMBRES BORRASCOSAS

UN LIBRO DE AMOR TORMENTOSO

- **Género:** novela realista, novela romántica
- **Edición de referencia:** Brontë, Emily. 1991. *Cumbres borrascosas*. Barcelona: RBA Editores
- **Primera edición:** 1847
- **Temáticas:** simbolismo, amores tormentosos, opuestos y similares

Cumbres borrascosas es la historia de dos personas que se aman, cuyo romance, debido a las circunstancias que las rodean, no puede suceder. Un día, un señor de apellido Lockwood, arrendatario de Los Tordos, visita a su casero, el señor Heathcliff, quien vive cerca de su casa en un lugar llamado Cumbres borrascosas. Sin embargo, se encuentra con un hombre huraño y reservado que es todo un misterio. Lockwood siente curiosidad y fascinación por aquel hombre de carácter indómito y tosco. Entonces, le pregunta a la señora Elena Deán, su ama de llaves, qué sabe sobre Heathcliff; ella, que conoce bien su historia, le cuenta la relación que tiene el casero de Lockwood con las familias Earnshaw y Linton, los antiguos propietarios de Los Tordos y de Cumbres borrascosas.

RESUMEN

LA ADOPCIÓN

El dueño de Cumbres Borrascosas, el señor Earnshaw, lleva un día a casa a Heathcliff, un niño moreno con aspecto de gitano. El señor Earnshaw lo ha adoptado y lo va a criar como si fuese otro de sus hijos. Al principio sus dos hijos, Hindley y Catalina, dos bellos niños rubios y blancos, no lo reciben de buena manera.

No obstante, con el paso de los días, Catalina se convierte en su amiga, mientras que el mayor, Hindley, nunca lo acepta y lo humilla constantemente, tanto por su aspecto como por su origen y su comportamiento medio salvaje. Heathcliff soporta los malos tratos de Hindley y se refugia en su tierna amistad con Catalina, con quien pasa los días de su infancia y con quien entabla lazos muy fuertes. Este vínculo se acrecienta cuando Hindley debe ir a la universidad, pues esto les da un respiro a los niños, que en ese momento pueden disfrutar sin preocupaciones de la compañía del otro.

La tranquilidad de Heathcliff y Catalina se ve interrumpida de manera abrupta cuando mueren los señores Earnshaw y Hindley regresa a Cumbres borrascosas. Él ya ha obtenido su título y se ha casado con una mujer llamada Francisca, y su único objetivo es reclamar su lugar como verdadero heredero.

A pesar de los años que han pasado, el hermano mayor de los Earnshaw sigue tratando a Heathcliff como a un criado y, a veces, incluso mucho peor. Además, Hindley se comporta como un tirano también con su hermana, a quien le resulta insoportable su comportamiento; por eso, la chica está cada vez más unida a Heathcliff, en quien ve a un aliado.

LA NUEVA CATALINA

Una noche, Catalina y Heathcliff deciden emprender una excursión hacia Los Tordos, pues quieren espiar a Eduardo e Isabel Linton, unos chiquillos malcriados y consentidos de los que les gusta burlarse. Cuando se disponen a volver, Catalina es mordida por un perro y debe recuperarse en la granja de Los Tordos, junto a los dos niños.

Heathcliff, por su parte, es obligado a regresar a Cumbres borrascosas y se siente desolado sin la compañía de Catalina, que sigue bajo el cuidado de los Linton.

Entretanto, los Linton se encariñan con Catalina y, en especial, Eduardo, quien ve en ella a una jovencita que está desaprovechando sus talentos. Por esa razón, decide transformarla de la niña salvaje e impulsiva que es en una señorita recatada y bien portada. Cuando ella regresa a Cumbres borrascosas, Heathcliff no la reconoce y no entiende quién es esa nueva Catalina.

Mientras tanto, Francisca tiene un hijo, Hareton, pero muere dándole a luz. Entonces Hindley, que siente que su debilucho hijo no es reflejo de su carácter, comienza a beber. Sin su esposa, Hindley es más agresivo con Heathcliff y arremete contra él para desahogar toda su ira y frustración. Su actitud tan severa afecta a toda la granja y todos comienzan a sentir su alcoholismo y sus malos tratos.

Por esos días, Catalina se entera de los sentimientos de Eduardo Linton hacia ella y, a pesar de que su amistad con Heathcliff ha cambiado, ella le confiesa a su ama de llaves que su corazón le pertenece a él. Sin embargo, en el mismo instante también confiesa que amarlo a él y aceptar un futuro a su lado sería rebajarse. Heathcliff había estado oyendo la conversación y, herido en lo más profundo, decide marcharse de Cumbres borrascosas.

LA GRAN VENGANZA

Heathcliff está lejos durante tres años en los que consigue dinero gracias a sombríos negocios. Durante la ausencia de su verdadero amor, Catalina se casa con Eduardo Linton y se muda a Los Tordos.

Enceguecido por el resentimiento y gracias a su nuevo poder adquisitivo, Heathcliff vuelve a Cumbres borrascosas con la única intención de destruir a Hindley, quien está en una condición deplorable como resultado de su alcoholismo. Su plan es provocar a Hindley para que se endeude apostando y termine hipotecando la propiedad que su padre le dejó; así, él podría comprarla a un precio menor y despojar a Hindley, su mayor enemigo, de todo lo que le queda. A Heathcliff, sin embargo, no le basta con la destrucción del mayor de los Earnshaw; también quiere vengarse de Eduardo Linton adquiriendo la propiedad de Los Tordos.

Una vez puesto en marcha su plan, Heathcliff se muestra diferente a como era antes: ahora es un hombre cruel, que no teme a pisotear a quien esté en su camino con tal de conseguir lo que quiere. Así es como logra que Hindley pierda Cumbres borrascosas y la compra. Durante esa misma época, visita a Catalina con regularidad en Los Tordos, pero Eduardo no pierde oportunidad de tratarlo como a un paria huérfano que no es bienvenido en su casa. Como resultado de ese trato despectivo, Heathcliff decide vengarse conquistando el corazón de Isabel Linton, con quien finalmente se casa, pues es su única oportunidad de arrebatarle la propiedad a Eduardo.

Con el matrimonio entre Isabel Linton y Heathcliff las peleas entre este y Eduardo se intensifican, lo que le provoca fuertes dolores de cabeza a Catalina. Isabel, por su lado, le da un hijo a Heathcliff, pero él la desprecia en secreto.

Entretanto, Hindley muere como resultado de su alcoholismo, y su hijo, Hareton, queda bajo la custodia de Heathcliff, quien es el dueño legítimo de Cumbres borrascosas. Como venganza por todas las humillaciones que sufrió a manos de Hindley, Heathcliff no permite que Hareton estudie y lo trata como a un criado.

Con el paso del tiempo, la salud de Catalina se deteriora y, el día en que da a luz a su hija, muere. Entonces, Eduardo llama a la pequeña Catalina, en honor a su madre, y se empeña en criarla sin que conozca la existencia de Cumbres borrascosas ni de su propietario.

Isabel Linton, cansada de la agresividad y el desamor de Heathcliff, quien tras la muerte de Catalina está embargado por el dolor, se marcha a Londres donde se dedica a criar a su hijo, Heathcliff Linton, un niño enfermizo.

LOS HEREDEROS

Durante trece años Eduardo consigue que Catalina se quede en Los Tordos, pero la jovencita tiene gran curiosidad por los alrededores de la granja y se empeña en salir de allí y conocer los pantanos. Entonces, un día se escapa y llega a Cumbres borrascosas, donde conoce a Hareton, pero lo considera maleducado y tosco. Eduardo la obliga a regresar a su granja y le advierte que no debe salir sin su permiso en el futuro.

Un tiempo después, Isabel Linton muere, por lo que su hermano Eduardo reclama a su sobrino y le pide que vaya a vivir a Los Tordos. Sin embargo, Heathcliff le dice que el joven debe vivir con él, su padre, a pesar de que el chico no sabe de su existencia.

Un día, en una de sus escapadas, Catalina conoce a Heathcliff Linton, con quien empieza a intercambiar cartas de amor. Entonces, Heathcliff padre se aprovecha de esta situación para incitar a los dos jóvenes a que se vean y a que, a espaldas de Eduardo, se conozcan mejor; todo con el fin de quedarse con Los Tordos. Entonces, un día invita a Catalina a su casa y allí la obliga a contraer matrimonio con su hijo.

Eduardo y su sobrino, el nuevo esposo de Catalina, mueren. Entonces, Heathcliff obliga a la joven viuda a que trabaje para él en Cumbres borrascosas, y esto provoca que Los Tordos quede bajo su custodia.

DE VUELTA AL PRESENTE

Tras escuchar toda la historia, que le cuenta la señora Deán, Lockwood decide que no puede seguir viviendo allí, pues el desprecio que siente hacia lo que sucedió es inmenso. Entonces, regresa a la ciudad.

Tiempo después, sin embargo, Lockwood regresa a Cumbres borrascosas y allí se entera de que Heathcliff ha muerto y de que Catalina y Hareton, el hijo de Hindley y Francisca, están pensando en contraer matrimonio. Ella decidió aceptar su amistad y lo tomó bajo su cuidado para enseñarle a leer. Durante ese tiempo ambos se enamoraron y Heathcliff, sumergido en su rabia, su tristeza y su inmenso anhelo de irse con su amada Catalina, no notó el romance que estaba naciendo entre los dos jóvenes y murió solo acompañado por el fantasma de Catalina.

¿SABÍA QUE...?

Emily Brontë tuvo que cuidar a su hermano Branwell, que sufrió a causa de una adicción al alcohol. Durante ese período de su vida ella escribió parte de la novela, lo que ha llevado a algunos críticos a pensar que tal vez algunas características de sus personajes estaban inspiradas en ese comportamiento errático de su hermano, quien finalmente murió debido a su alcoholismo.

ESTUDIO DE LOS PERSONAJES

El nombre de esta obra hace alusión al carácter de la mayoría de los personajes, pues las palabras «cumbres borrascosas» nos remiten a un lugar de fauna frondosa y espesa, de clima lluvioso y hostil y complicado de atravesar. Así mismo, los personajes que creó Brontë son difíciles de descifrar: impulsivos en algunos momentos, calculadores y fríos en otros.

HEATHCLIFF

Heathcliff es un hombre moreno, de ojos oscuros y pelo rizado y negro. Debido a su complexión física es rechazado por su único hermano y, aunque su padre adoptivo lo quiere desde el primer momento, el resto de la familia tiene dudas debido a su origen y su aspecto, tan diferente al de ellos.

Es un hombre complejo, que en algunos momentos es muy emocional y se deja arrastrar por lo que siente; y, en otros, es un hombre estratégico, frío y calculador, que actúa según sus ambiciones y planes bien elaborados. Es sensible y termina siendo endurecido y desgarrado por las circunstancias que lo rodean, y se transforma en un adulto indolente, cruel, avaro y calculador.

Nunca logra estar con su gran amor, Catalina, y eso lo hunde todavía más en la amargura y en la desolación después de que ella muera. Como resultado de su hastío y dolor, se empeña en hacer miserable la vida de todos aquellos que lo rodean. Su carácter sombrío y malintencionado es algo que Catalina conoce muy bien:

«Elena, ayúdame a hacerle comprender que está loca. Dile, dile quién es Heathcliff: un ser rebelde, sin cultura, sin refinamiento, un campo árido cubierto de abrojos y piedras. Más capaz sería yo de poner a aquel canario en medio del parque un día de invierno, que aprobar que te enamores de Heathcliff. Mira, niña, esa idea se te ha metido en la cabeza porque no le conoces. Atiende: no te figures que oculta tesoros de bondad y ternura bajo una apariencia tosca» (Brönte 1847, 67).

CATALINA

Catalina es una joven rubia y de piel clara, que crece para convertirse en una mujer hermosa. Es un poco arrogante y desconfía del jovencito que su padre lleva a la casa, pero luego lo considera su mejor amigo y confidente.

Además, es algo malcriada, caprichosa y superficial y le preocupa profundamente lo que otros piensen de ella. Siempre se le ve llena de energía —al menos mientras está saludable— y es una persona que logra salir de las situaciones difíciles con gracia y altivez.

El gran amor de su vida es Heathcliff. Sin embargo, decide casarse con Eduardo Linton por orgullo, por despecho y por temor a perder su estatus.

EDUARDO

Eduardo es el heredero de la granja de Los Tordos. Es un joven educado, noble y dulce con Catalina, el amor de su vida y la madre de su única hija. A Eduardo no le gusta Heathcliff, pues considera que la relación entre él y su esposa es inapropiada.

Resulta ser un padre sobreprotector, pero que ama a su hija y busca lo mejor para ella. En ocasiones puede ser interpretado como demasiado estricto, aunque es tan severo con los demás como lo es consigo mismo.

HINDLEY

Hindley, el hermano mayor de Catalina, es un hombre insensible y cruel. Odia a Heathcliff por toda la atención que recibe de su familia y es mezquino y malvado con él. Esto es una muestra de su carácter: es un hombre que disfruta humillando a los más débiles y que no tiene compasión. Parece un tirano.

Debido a la pérdida de su mujer, se convierte en un adulto pernicioso que pierde toda su fortuna por el alcohol y las apuestas. A causa de su egoísmo y sus maltratos, muere solo.

ISABEL

Isabel, la hermana de Eduardo y esposa de Heathcliff, es una mujer reservada y de buenos modales. Como esposa resulta ser una mujer sumisa que no es capaz de enfrentarse al malhumor de su marido y por eso termina huyendo de él con su hijo. Comparte con Catalina una cierta naturaleza caprichosa que la lleva a casarse con el enemigo de su hermano, a pesar de las advertencias de este.

ELENA DEÁN

Elena es quien le cuenta la historia completa al nuevo arrendatario de Los Tordos. Es una mujer cariñosa y con gran amor por el servicio. Vio crecer a Catalina, Heathcliff y Hindley. El ama de llaves de Cumbres borrascosas también es muy comprensiva y sensible.

LOCKWOOD

Lockwood es el nuevo arrendatario de Cumbres borrascosas. Es un joven observador, introvertido, según su propia descripción, y curioso. En un principio cree ver un reflejo de sí mismo en el carácter huraño y poco amigable de Heathcliff, pero después de escuchar su historia siente aberración y disgusto hacia su casero.

HARETON

Hareton es el hijo de Hindley. Heathcliff deja al jovencito sin la posibilidad de estudiar, como venganza por los malos tratos de su padre. Acaba siendo un hombre malhumorado y tosco, que tuvo la mala suerte de terminar bajo la custodia de Heathcliff.

HEATHCLIFF HIJO

Heathcliff hijo es un joven enfermizo que es fácilmente manipulable. Dócil e ignorante de la historia de su familia, su padre se aprovecha de esto y lo usa como vehículo de su última venganza contra Eduardo. El joven se casa con

Catalina hija, aunque su matrimonio es breve, porque muere al poco tiempo.

CATALINA HIJA

Catalina hija es una jovencita impulsiva y algo desobediente, que resulta acabar formando parte de un plan elaborado por Heathcliff en el que termina como esposa de su hijo, Heathcliff hijo.

Al igual que su madre, es una mujer de carácter fuerte, decidida y arriesgada. En cierta medida debido a esto, termina sirviendo a Heathcliff padre por un periodo de tiempo. Durante este momento, tras la muerte de su esposo, conoce a Hareton, con quien se casa y hereda ambas propiedades: Los Tordos y Cumbres borrascosas.

CONSIDERACIONES FORMALES

GÉNERO

¿Novela realista?

Cumbres borrascosas fue recibida de manera escéptica por la crítica debido a su estructura difícil de clasificar. Y, aún hoy en día, resulta difícil y limitante encasillarla dentro de un solo género.

Sin embargo, se puede decir que esta novela es el reflejo de una época, y podemos leerla como un retrato de las costumbres rurales de la Inglaterra del siglo XIX. En ella se nos presentan de manera realista escenarios, caracteres, eventos y modales que forman parte del contexto en el que se encuentran los personajes; por consiguiente, el lector podrá tomar varios elementos de Cumbres borrascosas para entender lo que sucedía entonces.

Por ejemplo, podemos entender que la compañía de Heathcliff en una familia poderosa y acomodada resultaba inconveniente, por la ambigüedad de su etnia —pues algunos afirmaban que parecía gitano— y de su origen social. También, podemos entender que las relaciones no podían ni debían terminarse a la ligera. Por ejemplo, a pesar de los maltratos y la rudeza de Heathcliff, Isabel acepta seguir con él o, aún más, no tiene ninguna opción de terminar la relación. Por eso, aunque se distancia de él, sus títulos de marido y mujer se mantienen, lo que a él le resulta muy conveniente a la hora de reclamar la herencia.

¿Novela romántica?

El romanticismo es un género literario surgido y desarrollado en Alemania e Inglaterra en el siglo XIX, que se caracteriza, entre otras cosas, por una prevalencia de los sentimientos sobre la razón. Este género aprecia mucho la individualidad y se concentra en escribir sobre esta. Por eso, a menudo, las obras giran, sobre todo, en torno a una personalidad sensible.

Aunque no se pueda encasillar del todo a esta novela dentro de esta corriente, la prevalencia de los distintos sentimientos de los personajes, así como la relación de sus estados anímicos con el clima y con el entorno se pueden leer como indicios románticos. Así pues, se podría decir que todos los elementos de la novela giran en torno a los personajes y sus sentimientos: así, por ejemplo, cuando algo muy fuerte o muy negativo les pasa, hay tormentas y las casas se degeneran al tiempo que lo hace Heathcliff.

Otro tema del romanticismo es la obsesión por la alteridad. Esta también podría reflejarse en el personaje de Heathcliff, que está en constante choque con el resto de la familia y que no comparte sus orígenes ni sociales ni étnicos. Es por eso que en varias ocasiones se dice que es medio salvaje y se alude a que esta es una de las diferencias fundamentales que tiene con la familia. Se podría decir, además, que desde el punto de vista de Hindley, por ejemplo, los temores de la familia se verían confirmados, pues además de medio salvaje, Heathcliff resulta ser violento y huraño.

ESTRUCTURA

La novela está construida a modo de caja china, lo que en su momento generó que no fuera bien recibida. ¿Qué quiere decir esto? Que hay una historia grande que es el marco de las otras, más pequeñas, que ocurren adentro.

Así, la historia en el presente de Lockwood, que habla con el ama de llaves sobre la historia de su casero, Heathcliff, es el marco. Dentro de este, se hace un salto al pasado que lleva a otras historias que, en principio, no tienen mucho que ver con Lockwood. Así, vamos a la infancia y juventud de Heathcliff y a su tormentosa relación con Catalina y su hermano. Luego, vamos a un pasado menos remoto: algunos de los sucesos de la segunda generación de dueños y herederos de las dos granjas. Estos llevan, finalmente, otra vez al presente: la historia de Lockwood.

No obstante, mientras el ama de llaves cuenta esa historia del pasado, hay algunos intermedios en los que volvemos con Lockwood, quien debe tomar algunos recesos porque la historia lo conmueve o lo choca. Es así como vemos en quién se ha convertido Heathcliff: un desdichado que perdió a quien más quería. En esos intermedios, el inquilino de Los Tordos reflexiona sobre lo que le ha contado el ama de llaves y es testigo de algunos de los resultados desastrosos que arrastró consigo la sed de venganza de su casero.

Finalmente, hay un salto hacia el futuro de ese marco inicial en el que Lockwood pregunta primeramente por Heathcliff. Como ya habíamos dicho en el resumen, Lockwood decide marcharse a Londres después de enterarse de quién es su casero y de lo que ha hecho. Y, en ese momento, la historia que había estado enmarcada —la de la segunda generación— se vuelve la protagonista y se une con la de Lockwood. Cuando este decide volver a Los Tordos, se encuentra con que el pasado ya no es el protagonista en las granjas, pues con la muerte de Heathcliff todo el resentimiento, el dolor y la venganza terminan y los nuevos amantes buscan escapar de los errores de sus padres y se toman el uno al otro como promesa de un porvenir.

TIEMPO

La estructura de la novela nos mueve hacia atrás, pues en las primeras páginas vamos de la mano con Lockwood, quien se encuentra desde muy temprano en la novela con su protagonista, Heathcliff. Cuando el nuevo arrendatario de Los Tordos indaga sobre el pasado de su casero, viajamos al pasado, a la temprana adolescencia de Heathcliff y, de ahí, de la mano de la ama de llaves de Cumbres borrascosas, seguimos hacia adelante, hasta el momento en que Lockwood pregunta por la vida de Heathcliff.

Entonces, cuando Heathcliff muere, la novela continúa hacia delante. Para ese momento, ya entendemos quiénes son los personajes de fondo en el encuentro entre Heathcliff y Lockwood —que de momento parecían secundarios— y que después son revelados como personajes importantes para la conclusión de la historia.

Además del tiempo cronológico, el tiempo atmosférico también es un elemento esencial para entender la novela, pues el clima impetuoso y la naturaleza indómita que acompaña los terrenos de Los Tordos y Cumbres borrasco-sas hablan sobre la personalidad de los personajes y son un reflejo de sus sentimientos. Por ejemplo, en varias ocasiones encontramos tormentas que suceden antes o después de una ruptura o de un enfrentamiento.

Adicionalmente al clima, hay un factor sobrenatural recu-rrente después de la muerte de Catalina, pues Heathcliff y algunos otros personajes la ven ocasionalmente. El lector puede entender esto como que hay fantasmas o como que todos los habitantes de Cumbres borrascosas tienen pensa-mientos obsesivos y recurrentes con ella.

TEMÁTICAS Y CLAVES DE LECTURA

SIMBOLISMO

Esta novela está llena de elementos con un significado más allá del que tienen como meros objetos o fenómenos naturales. Por ejemplo, cuando Lockwood duerme en el lecho en el que murió Catalina, tiene pesadillas. Y, más adelante, entiende que aquella cama no solo fue su última morada, sino que además fue el lugar donde se refugiaba de la tiranía de su hermano.

Además, en esa misma cama murió Heathcliff, cuyos últimos días rayaban en el delirio. Parece, entonces, que su muerte en ese mismo lecho es la metáfora perfecta de su amor inconcluso y eterno por Catalina y de su reunión con ella en el más allá.

Por otro lado, la enfermedad en esta novela cobra también una gran importancia. Esta no es un simple recurso narrativo, sino que nos ayuda a descifrar algunos episodios y personajes y forma parte de importantes revelaciones. Si tomamos el ejemplo de Catalina y su deterioro de salud después de su matrimonio con Eduardo, entenderemos que este empeoramiento está ligado a la relación con Heathcliff, quien para entonces está empeñado en lastimarlos a ella y a Eduardo. Cuando ella queda embarazada de Eduardo y va a dar a luz es cuando más alejada está de Heathcliff, tanto real como simbólicamente, y, por eso, muere durante el parto. La hija que tiene es el símbolo de que su amor verdadero nunca podrá ser realidad, entonces su espíritu la abandona.

Finalmente, las casas son otros elementos cargados de simbolismo y de dualidad. Por un lado está la granja de Los Tordos, que siempre se describe como un lugar acogedor, hogareño y pacífico. Y, por otro lado, está Cumbres borrascosas, descrito como un lugar de difícil acceso, inhóspito y descuidado. Ambos terrenos hablan de sus diferentes dueños y, al final, cuando Heathcliff es dueño de ambas granjas, parece que Los Tordos ha perdido su esplendor. Así, al final las dos son el vivo retrato del descuido de Heathcliff y de su indiferencia por la vida propia y ajena.

AMORES TORMENTOSOS

Desde el comienzo, la novela nos muestra toda clase de amores tormentosos. Estos no solo se dan entre Heathcliff y su medio hermano Hindley, sino también entre este último y su padre. Los problemas de Hindley con Heathcliff se dan porque el primero no entiende la necesidad de traer otro varón a la casa y le molesta esa decisión de su padre.

El amor más atormentado, que además es el amor central de la novela como ya se ha dicho, surge entre Catalina y Heathcliff, quienes se aman con la misma intensidad con la que se lastiman; ambos son orgullosos y sus caracteres fuertes los separan. Tienen una conexión especial y por eso mismo pueden desdeñarse y lastimarse:

> «Mi afecto por Linton es como las hojas de los árboles, y bien sé que cambiará con el tiempo, pero mi cariño a Heathcliff es como son las rocas del fondo de la tierra, que permanecen eternamente iguales sin cambiar jamás. Es un afecto del que no puedo prescindir. ¡Elena, yo soy Heathcliff! Le tengo

constantemente en mi pensamiento, aunque no siempre como una cosa agradable. Tampoco yo me agrado siempre a mí misma» (Brontë 1847, 54).

La novela, pues, tiene bastantes altibajos: en algunos momentos creemos que el amor entre Heathcliff y Catalina tendrá un final feliz en el que podrán declararse sus afectos y construir algo como pareja, y en otros no estamos seguros de que ese amor sea el más sincero, sino que sentimos que estar separados es lo mejor para ambos. La novela, pues, nos lleva del romance más profundo y tierno al drama más sentido y oscuro, por lo que etiquetarla como una novela de amor puede ser problemático.

Las peleas de Heathcliff y Catalina son el principio de varios desastres, como por ejemplo el matrimonio entre Heathcliff e Isabel. Este resulta ser también otro amor tormentoso, ya que la caprichosa Isabel Linton decide desposar a Heathcliff a pesar de la oposición de su hermano. Y es que en el caso de esta pareja, el amor, más que tormentoso, resulta malsano debido a lo tolerante que es Isabel con el maltrato y la indiferencia de Heathcliff hacia ella.

Entre Eduardo y Catalina existe amor, aún con la sombra de Heathcliff en el corazón de ella. Las cosas entre ellos parecen funcionar de forma más tranquila, porque siendo opuestos logran equilibrarse. Sin embargo, eso es lo que se ve en la superficie, ya que en el fondo Catalina no olvida a su primer amor y muere atormentada por las discusiones y peleas entre Heathcliff y su esposo.

Catalina hija y su esposo Heathcliff Linton sufren como parte de una trampa de Heathcliff, quien se empeña en apropiarse de Los Tordos. Su matrimonio resulta ser un inconveniente en la vida de ambos, aunque Catalina hija enviuda muy joven, pues su esposo es un hombre de débil salud.

El último romance de la novela es el único que no resulta ser un tormento. Al contrario, es un amor con un final feliz y llevará paz a ambas granjas.

OPUESTOS Y SIMILARES

La novela está llena de fuerzas en tensión que se atraen y se repelen. Los personajes tienen personalidades fuertes, son tercos y apasionados, se odian y se aman con intensidad.

Hindley y Heathcliff parecen en un punto de la novela seres opuestos. Sin embargo, a medida que avanzamos en su lectura nos damos cuenta de que Heathcliff termina convertido en un tirano que bebe mucho, tal como lo fue Hindley. Además, debido al dolor de la pérdida de sus respectivas mujeres, los dos se vuelven seres más huraños y toscos que maltratan a todo el que se les acerque.

Hareton también es la viva imagen de Heathcliff, su doble: un joven que no tiene familia y que por su origen es relegado a permanecer como un paria en Cumbres borrascosas. No tiene modales, no tiene educación y es como Heathcliff era en su juventud: noble, pero tosco.

Isabel y Catalina, por otra parte, son dos personajes muy opuestos: mientras Isabel hace el papel de esposa sumisa, de mujer incapaz de enfrentarse a Heathcliff y retarlo, Catalina es impredecible y altanera en su trato con Heathcliff; ella no le teme y lo enfrenta con tesón. Catalina hija resulta igual a su madre: impulsiva, terca y malcriada, y por eso su último matrimonio con Hareton parece ser la manera en que se reivindica el romance original que surgió entre dos personas de mundos antagónicos.

PISTAS PARA LA REFLEXIÓN

ALGUNAS PREGUNTAS PARA PROFUNDIZAR EN SU REFLEXIÓN...

- ¿Qué elementos de *Cumbres borrascosas* se pueden considerar simbólicos?
- ¿De qué modo la novela refleja la sociedad inglesa del siglo XIX?
- ¿Qué importancia tiene que los protagonistas no terminen juntos y que el lector conozca este resultado antes del final de la novela? Justifique su respuesta.
- ¿Cuáles son las implicaciones de que *Cumbres borrascosas* haya sido escrita por una mujer?
- ¿Por qué cree que la autora decide usar este juego de opuestos y similares en varias partes de la novela? Justifique su respuesta.
- ¿Cuál sería su conclusión al leer que Hareton y Catalina hija sí lograron concretar su amor?
- ¿Qué papel tiene la servidumbre en *Cumbres borrascosas* teniendo en cuenta que el ama de llaves es la gran narradora de la historia?

PARA IR MÁS ALLÁ

EDICIÓN DE REFERENCIA

- Brontë, Emily. 1991. *Cumbres borrascosas*. Barcelona: RBA Editores.

ESTUDIOS DE REFERENCIA

- Bump, Jerome. 1997. "La teoría de los sistemas familiares, la adicción y *Cumbres borrascosas*". *Style*, vol. 31, n.º 2, 328-350.
- Levin, Nina. 2012. "I am Heathcliff! Paradoxical love in Bronte's *Wuthering Heights*". Ensayo, Universidad de Estocolmo. Consultado el 7 de marzo de 2017. http://www.diva-portal.org/smash/get/diva2:538526/fulltext01.pdf

LECTURA RECOMENDADA

- Oates, Joyce Carol. 1982. "The magnanimity of *Wuthering Heights*". *Critical Inquiry*, vol. 9, n.º 2, 435-449.

ADAPTACIONES

Esta novela ha tenido muchas adaptaciones al cine, la televisión y la radio, pues debido a sus inquietantes personajes es muy popular hoy. Lo interesante de estas es que la mayoría omiten la segunda parte de la novela, que se concentra en la segunda generación y se enfocan en el amor de Heathcliff y Catalina.

- *Cumbres borrascosas.* Dirigida por William Wyler, con Laurence Olivier y Merle Oberon. Estados Unidos: Samuel Goldwyn Productions, 1939.
  Esta adaptación tuvo ocho nominaciones a los premios Óscar, entre las que estaban mejor película, mejor actor y mejor director.
- *Abismos de pasión.* Dirigida por Luis Buñuel, con Iliasema Dilián y Jorge Mistral. México: Tepeyac, 1953.
- *Cumbres borrascosas.* Dirigida por Andrea Arnold, con Kaya Scodelario y James Hawson. Reino Unido: HanWay Films, 2011.

ResumenExpress.com

Muchas más guías para descubrir tu pasión por la literatura

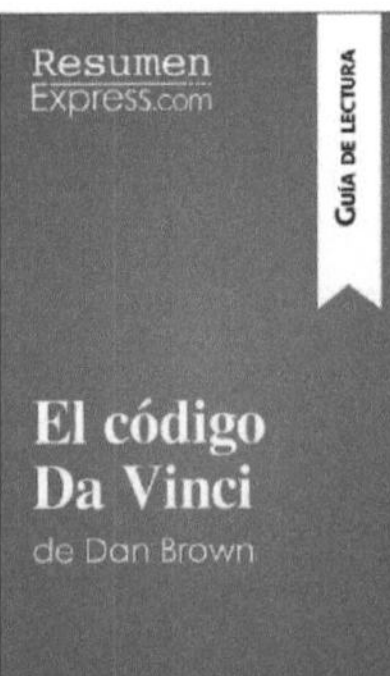

www.resumenexpress.com